欢迎加入后浪读书俱乐部 www.hinabook.com

后浪出版咨询（北京）有限责任公司
POST WAVE PUBLISHING CONSULTING (BEIJING) CO.,LTD.
www.hinabook.com

拍电影网
www.pmovie.com

- 加入我们，可以得到定期的新书信息、电子读书报、活动信息、后浪小礼物、购书优惠券、作者签名书籍和海报、毛边书等等。

- 俱乐部将从每月新增会员中抽取 3 名赠送当月最新出版的书籍一本。

- 会员书评投稿如获纸媒发表将有机会获得后浪新书 1 本。

- 欢迎登陆 http://www.hinabook.com 和 www.pmovie.com 了解更多活动信息。

* 本活动最终解释权归后浪出版咨询（北京）有限责任公司所有

个人资料（请务必完整填写并回传）

姓名 _____ □先生/□女士

Email _____ 生日 ____年____月____日

固定电话 _____-_____ 手机 _____

单位 _____ 职业 _____

地址 _____

_____

QQ/MSN _____ 邮编 _____

读者调查表

您从哪本书得到这张卡片的？_____

您从哪里购得本书的？_____

您的阅读方向？_____

_____

您还希望我们出版或引进哪类书？_____

_____

您的意见或建议？_____

如何加入后浪读书俱乐部？

① 拨打热线010-57499090，向客服人员登记您的信息。

② 发短信至18811421266，我们将回电登记您的信息。

③ 将此信息登记表传真至：010-64018116

④ 登陆网站：www.hinabook.com，点击右上角"注册"，填写会员信息登记表。

⑤ 邮寄至：北京市东城区景山东街纳福胡同13号北楼2层 后浪出版咨询（北京）有限责任公司 邮编：100009

后浪微信：hinabook

后浪官方直营店 http://bjhlts.tmall.com
服务邮箱 buy@hinabook.com
服务电话 13366573072 010-57499090

拍电影网慕课 国内影视教育领域有第一本有重多课程请移至 http://mooc.pmovie.com/

拍电影网慕课
名校的专业课程、活跃的在线师生社区互动，荟萃多方网络资源，精良的电影摄影、剪辑及后期服务，幼师的门徒和下级们来多，微剧情教学生态链的聚合力，协同发展。

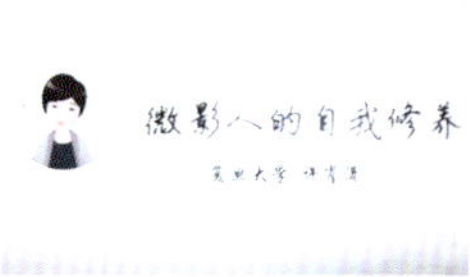

慕课功能
学员：线上系统课程学习，与名师面对面交流，获得线下图书赠书；师资：传播喜爱的电影知识，获得继续教育奉出版。

合作推荐

张驰
QQ：247524905S
邮箱：zhangchi@hinabook.com

杜心砚
QQ：2822437415
邮箱：duxinyan@hinabook.com

手机扫码，随时随地上慕课

拍电影网培训 每个人的电影课堂
更多最新培训课程登录http://edu.pmovie.com

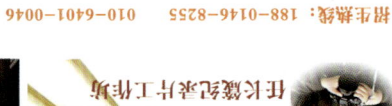

专业导师　　权威教授　　精品小班

拍电影网络教育
线上课程+线下培训

精英家庭用课程
业内专业师资
使用再接索摆
拍摄宋电影人的精益合作

上课地址：北京市东城区东直门内大街南馆胡同13号（近东直门、故宫、雍和宫地铁站南站东名）
联系电话：188-0146-8255　　010-6401-0046　　联系QQ：1323616494

后浪

袁珂电影文学剧本

嫦娥奔月

袁珂 著

北京联合出版公司
Beijing United Publishing Co.,Ltd.

目 录

《嫦娥奔月》剧本
1

袁珂手稿摘选
133

出版后记
140

《嫦娥奔月》剧本

本书出场人物

主要人物

羿 西王母
嫦娥 逢蒙
河伯 逢蒙妻
宓妃

次要人物

尧皇帝① 老农民
皋陶、神羊② 白须天神
孟康 黑髯天神
夔 宣谕旨天神
女巫 众神
水上女妖们 天将甲、乙
乌贼样的水怪 王母洞中歌童舞女

水怪们

西王母侍女甲、乙、丙

辛乙

少甲

羿的家丁和女奴

砍树汉子（吴刚）

男女群众

说　明

① 先秦时期，最高统治者单称"皇""帝"，直至秦王嬴政统一六国，建立秦朝后，才将"皇"与"帝"两个称呼结合起来称"皇帝"，嬴政自称"始皇帝"。此处的表达方法为袁珂手稿中的用法，将在全文中保留。

② 此神兽似是獬豸，有着羊的身体、麒麟的外观，能辨是非，是执法公正的化身。

一

汤谷上有扶木,一日方至,一日方出。(《山海经》)

字幕:远古时候,天上原有十个太阳,他们都是天帝的儿子。平时他们住在东方海外的一棵叫做"扶桑"的大树上,每天按照天帝给他们安排好的秩序,一个一个轮流出去值班。当尧皇帝在位的某一年,不知道怎么一来,他们忽然破坏了天帝的规矩,一齐出现在天空……

紫红色的天空,万里无云,大小不等的十个太阳,杂乱而狰狞地高高挂着。

强烈的阳光,火一般地燃烧着大地。

干涸的河床、龟裂的田土……

灼热的风，扬卷着黄尘，吹过枯焦的禾苗，吹向大路，在大路中央打了一个回旋，消散了。

路旁两行被截去枝条、剥去树皮的光秃的树下，躺着三三两两黑瘦的、像骷髅般的、垂死的饿汉，艰难地喘着气。

鹰和鹞鸟在高空盘旋，时时发出凄厉的鸣叫。

二

十日居上,女丑居山之上。(《山海经》)

大的铜锣一声响亮:"当!"霎时众乐齐作——

一大群人,擎着旗幡,敲着钟鼓,蜂拥着出了王城,向王城外面的一座小山跑去。

八个大汉抬着一乘用树枝和藤萝扎成的彩轿,轿内坐着一个女巫,身穿青色衣服,秃顶,稀疏的头发披在肩头,两手捧在胸前,嘴里喃喃地祷告着。

女巫油亮的脸、黄豆大的汗珠、恐惧不安的眼神……

喧喧嚷嚷的人们簇拥着女巫的轿子远去了。

声音(画外):根据当时的风俗习惯,人们认为天旱不雨，都是因为旱魃在作怪，只要把女巫装扮作旱魃的模样，抬去晒晒太阳，旱魃受不了日头的暴晒，就会收拾起妖法，让天公降雨下来的。

　　人们把轿子停放在山顶上，把女巫扶出轿来，让她跪在一个草席上。

　　一部分人，围绕女巫唱歌、跳舞。

　　另一部分人，在外面的圈子匍伏着，向着天空祈祷、礼拜，迎和着跳舞者的歌声喃喃着什么。

　　"当！"铜锣又是一声响亮，人们（包括唱歌、跳舞的人）马上撇下女巫，四散飞奔下山，去岩洞里或树根下面躲着，窥看动静。

　　山头上就只剩下了个跪在草席上晒太阳的女巫。

陵　鱼

　　古代神话中有曝巫焚巫来祈天降雨的方法。故事中，求雨之人正是以"巫"的身份扮作旱魃而被曝晒的女丑。《山海经》记载，"龙鱼陵居在其北，状如狸，一曰鰕，有神巫乘此以行九野。"上图描绘了神巫女丑的坐骑——陵鱼。

三

女巫惊慌、痛苦、痉挛的脸。汗水像珍珠般地在额颅上和脸颊上飞滚着。

几只大鹰,在女巫头顶的上空盘旋。有的还几次飞落下来,又飞了上去。女巫惊恐地偏侧着身子躲闪着,用袍袖阻拦着,嘴里颤抖的祷告自然地变成大声的呼喊:

"大哉神灵,赫赫威威;降赐甘霖,普救众生!……"

天空,十个太阳仍旧金光灿烂地照耀着,连一丝儿云彩也没有。

石岩后面冒出两三个侦察者的黑头来,马上又缩了回去。

女巫,起初还在喃喃地念着,随后就只见她伸着脖子,半张着嘴巴,一口一口地喘气。再后就只见她举起两只膀臂来,用她那宽大的袍袖蒙住头和脸,一会儿就像喝醉了酒似的,身子向右晃了晃,忽地一个仰身倒在地上,抽搐了两下,就不动弹了。

几只大鹰猛地飞下来,扑向女巫的尸身。

四周埋伏着的人们,带着失望的脸色,一拥而上。

大鹰惊飞上天去了,"西耳——西耳"地叫着,愈飞愈高……

四

帝降夷羿，革孽夏民。(《楚辞》)

在高空的云层里，站立着几位大神，他们在那儿俯视下面的灾情。他们的目光停留在女巫躺着的地方——

女巫的尸身已经变成一副没有血肉的骨架。山头上一只大鹰正在啄食剩余的肠子。另一只鹰偏着头在用脚趾剔除嘴里的残屑。

他们的目光从山头转到王城里——

在一座简朴的宫殿里，尧皇帝正率领着文武百官对天祈祷，炉里的香烟袅袅地升上天空。

王城外面，另一个地方，一个汉子像疯狂了似的，双手捧着一个孩子的尸体，仰望着天空，大声地咒骂道：

"你们这些该死的太阳呀，干吗你们不早死？——我情愿拼了这条命陪着你们一块儿死呀！"

众神的目光从王城近郊转到边远的地方——

山林燃烧起了炎炎的大火。

一只兽头人身的怪物，从大火里奔跑出来，吐着长牙，按住一个壮年汉子，人在挣扎，兽在吼叫。

雪亮亮的长牙，刺进了人的胸脯……

白浪滔天。

一条黑身子、青脑袋的巨蟒在浪涛中腾跃着。

眼睛和牙齿的凶恶的闪光。

一只渔船，在风浪中挣扎着。舟子们恐惧的脸色和肌肉奋张的膀臂。

追踪而来的巨蟒火焰般的舌头一闪，渔船被吞噬了……

黑沉沉的翅膀遮没了半边天。

一只大鸟，嘎嘎地怪叫着，飞掠过山林、原野。

大风呼啸着，树木摧折了，房屋毁坏了，牛羊在奔驰，小孩子在惊呼、号叫……

众神的一张张阴沉的面孔，从镜头掠过。

一个须发皓白、手执拂尘的大神，摇摇头说：

"唉，劫数……劫数啊！……"

一个瘦长身材、身穿武士服装，背背一张红色的弓，腰间斜挂一个白色箭袋和一把宝剑的威武的天神——羿，愤愤地接嘴说：

"什么劫数？明明是这些太阳公子造的孽，天帝拿他们没办法，就把它说成是劫数——真是岂有此理，我实在忍耐不住了！"他掉头向身旁一位年轻、美丽的女神说："嫦娥，请你不要再阻挡我……"

嫦娥还来不及答话，身后一个胖壮的黑胡子大神拍了拍羿的肩头，插进来说：

"嘿嘿，老弟，我看你不要太性急，常言说得好：解铃还需系铃人，我主张我们大伙儿再去求一求天帝，请他把他这一帮无法无天的孩子收拾收拾，下一场大雨，下方的人民就活出来啦，何须你私下凡尘去走上这么一遭呢？"

嫦娥趁着这机会劝羿说："是呀，私下凡尘，这是违反天规的。别只是为了打救别人，连自个儿的死活都不管啦！"

"对呀，对呀，"众神齐声说道："嫦娥仙子的话不错，我们还是再去求求天帝的好——走吧，走吧。"

"老弟，走——走吧。"黑胡子大神说。

羿闷沉沉地："我不大想去。你们各位先走一步，我还得好好地想一想……"

众神："好，那我们就先走一步，你们商量好赶快来吧。"

众神邀约着，一齐向天帝的宫廷走去。

远处，云烟缭绕，天帝巍峨的宫廷隐约可见。众神渐远渐小的身影消逝在云烟深处。

羿和嫦娥，相对无言，沉默了片刻。

嫦娥抱怨地说："你就是这么任性！……"

羿："不是我任性呀，你想，我们这些当神仙的，一年到头不知道享受了人民多少香火，多少贡献，如今人民遭了这么大的灾难，我们不闻不问，这说得过去吗？"

嫦娥："那我们还是去恳求天帝好啦！"

羿："求他有什么用呀！我们不是已经求过他好多遍了吗？"

嫦娥："也许这一回他会大发慈悲的。"

羿："你别梦想了。他若是肯发慈悲，早已经都发了。我看他的慈悲呀，就只能发在他那些宝贝儿子的身上。"

嫦娥："再怎么说，我也不能让你独自个到凡间去呀，万一出了什么乱子，那可不把我急坏了吗？"

嫦娥握住羿的手，一双明亮的眼睛，无限深情地看着他。

羿忍不住笑了，拍了拍她的手背，爱抚地说：

"别怕，出不了乱子的，我的女神。单凭我这神弓神箭，就可以对付那些太阳公子，可是，我倒不想真正在他们身上显本领。我只消虚张声势，吓唬吓唬他们，就管教他们乖乖地跑回去，再也不敢捣蛋了。"

嫦娥："真的吗？"

羿："真的，谁还骗你不成？——好，我走了，时候不早了，你快回家去吧！"

羿摆开她的手，转过身去，驾起云头，冉冉地去向下方。

嫦娥呆呆地望着羿的背影,从她的脸上看得出她内心的矛盾。片刻,她才像下定决心似的,猛然高声叫道:

"等一等,等一等,我和你一道去!"

羿停住足步,回头过来。嫦娥追了上去。

羿看着嫦娥,赞许地微笑了笑。嫦娥也深情地微笑了笑。

夫妻俩携着手,欢欣地驾着云头,一同奔向凡间去。

五

王城的广场上。

人群围着一个年轻的射手——逢蒙,在那里听他吹嘘射箭的本领。

逢蒙,左手拿着一张弓,右手拿着一支箭,站在土坛上面,脸上摆出一副英雄的气概,大言不惭地说:

"……不是我逢蒙夸口,我的箭能射中正在飞的麻雀,我要射它的脑袋,就准射中他的脑袋,要射它的翅膀,就准射中它的翅膀。

——你们想,太阳比麻雀大得多,再厉害也不会飞,我还能射他不中吗?"

人群中一个叫做孟康的老头子,喜笑颜开地竖起大拇指,称赞他说:

"对呀,谁不知道咱们逢蒙是国里第一等射手,如今这般射箭的年轻小伙子谁还赶得上你啊!"

逢蒙左顾右盼,得意洋洋地笑了。

"您既然有这么大的本领,"人群中一个中年汉子说,"那您就把这些可恶的太阳替我们射下来吧!"

大众一听这提议,都拍手齐声附和:

"对呀,对呀,就请您把这些太阳替我们射下来吧。"

逢蒙脸上略有难色。经过短时间的犹豫之后,还是硬着头皮充英雄,希望侥幸得逞地慷慨地说:

"好吧,射就射。太阳是天上的神,先前我本来怕得罪他,现在他既然给我们闹下这场大乱子,那我也就顾不得许多了。你们就瞧着吧。"

"好呀!好呀!"人们欢喜地雀跃了。

广场远处的人群听见欢呼声,都蜂拥地集拢来。

逢蒙在土坛上选好了一个合适的方位,站稳了身子,弯弓搭箭,向着天空中的太阳瞄准着。

人们都注看着他的箭头,眼睛里闪着希望的光。

空气是静止的,人们屏住了呼吸等待着。

逢蒙的眉头紧锁,脸上的肌肉紧张地抽动着。

人们焦急地等待着即将发生的奇迹,彼此交换着疑惑的眼光。

忽然,"飕"的一声,一支箭像疾鸟般从弓弦上发出,直冲上天了。人们的目光也随着这箭飞上天去。

箭到了半空中,却无力地打了一个倒栽葱,坠落下来了。

随着箭的坠落,人民失望地吁了一口气。

天空中仍旧是十个精光灿烂的逞威的太阳。

逢蒙红涨着脖子,又是一箭射出去。

一箭,两箭,三箭……

全都不到半空就坠落下来了。

人们黑着脸,翻动着白眼珠哗哗哗地一阵笑。

"走啊走啊,别瞧他扯靶子喽!"

在渐渐走散的人群的嗤笑声中,逢蒙只好怪不得劲地、无精打采地停止了他的"英雄"行为。

六

"乡亲们,大家快来呀,天上有一位神仙下凡来搭救我们来了,这一下可好了!……"

一个瘦小的汉子,气喘吁吁地从远处跑向广场来,一边跑一边喊叫,人们立刻把这小个儿包围起来,惊喜地向他问长问短——

"你说他是什么神?叫什么名字?"

"说,说,他是什么样子?"

"他有多大的本领?能斗得过太阳吗?"

被问者揭下头上的帽子,揩拭着脸上的汗水,慌乱而又兴奋地回答:

"什么神,他就是天神羿呀!啊咦,身材可魁梧哩:高高长长的个儿,黑黑的眉毛和眼睛,短短的黑胡子,瞧上去可真英雄哩!还有一个女神和他在一道,看光景就是他的妻子嫦娥,那模样儿长得呀,呵,可真美哩!我看你们这些娘儿们呀……嘻嘻嘻……就没有一个……"

一个中年妇女严肃地打断他的说话:

"别说这些废话了吧,我只问你:可真是天神羿下凡来了吗?"

"谁还骗你不成?刚才我亲眼看见他和尧皇帝打从宫里出来,边说边走,向着咱们这边走过来了。"

小个子说着,用手一指——

"你们瞧!"

远处,一群人正说着话,向这边走了过来。

"走在前面的不就是皋陶大法官,牵着他那只能够分清楚谁是好人、谁是坏蛋的神羊吗?走在后面的不就是尧皇帝和天神羿吗?"

"呵,真的!真的!"好些声音,不约而同地嚷了起来。人群像潮水,随声蜂拥过去。

广场里只剩下刚从土坛上爬下来的无精打采的逢蒙,终于,也勉强跟着众人走了过去。

七

日中有踆乌。(《淮南子》)

尧皇帝率领着群臣,陪着羿和嫦娥走向广场来。

人群,脸上露出欢容,簇拥着他们,争着要看一看两位大神的丰采。

逢蒙也拥在人群中,目不转睛地看着羿身上挂着的那张红色的弓和那一口袋白色的箭。

他几次想凑近身去把这神弓神箭看个清楚,可是,皋陶身边的那只独角神羊却目光灼灼,作势要触他的样子。

"别,别!"马脸的皋陶大法官把神羊牵开了。

逢蒙恶意地看了神羊一眼,啐了一口,退到人群后面去了。

土坛上,手拿王杖的白胡须的尧皇帝高声向大家说:

"……乡亲们,父老兄弟们,现在大家得救了,感谢大神羿和嫦娥降临凡间,替我们除害。这天上,有十个凶恶的太阳;远方,又还有给太阳逼出来的许多恶禽猛兽,它们都在危害我们。如今大神羿答应替我们除去,让我们来谢谢他们!"

坛下响起了一片经久不断的热烈的欢呼。很多人跳跃起来。

羿和嫦娥挥手向人群答谢。羿的英武的脸上现出激动的表情。

嫦娥焦灼地低声嘱咐羿:"小心点,不要把太阳射伤了,吓唬吓唬他们就是了。"

羿有点不耐烦地回答:"知道,知道,放心吧。"

说着,他就走到土坛前面,慢慢从肩上除下他的神弓,用弓梢指着天上说:

"你们这些太阳,听我告诉你们:你们违反天规,出来横冲直撞,在世间造下许多罪恶,人民都恨死了你们。如今赶快给我回去,按规章轮流出来值班,就什么都不用提了。若是还要作恶逞威,那就别怪我对你们不客气了！"

天上只有几只苍鹰在盘旋。十个太阳仍旧精光灿烂，毫无示弱的表示。

人群中起了一阵细微的、窃窃的私语声。

羿略皱了皱眉头，从箭袋里抽出一支白色的箭来，搭上箭，弯满弓，对准天上的太阳。

箭头闪着金属的白光。

像凝固的池水般的人群的雕像。

羿的愤怒的脸。下定决心地咬了一咬牙。

"飕"的一声，一支箭向空中飞去。

随着神箭飞上天空，太阳们惊惶地四处逃窜，拼命往白云深处钻去。神箭紧紧地追赶着。

坛上坛下的人们一时都看得呆了。一张张带着各种不同表情的脸孔，掠过镜头——

愤怒的、充满了信心的羿的脸。

忧愁的、关切的嫦娥的脸。

嫉妒的、不信任的逄蒙的脸。

善良的、期待的尧皇帝的脸。

好奇的皋陶的脸和神羊的脸。

期待的、疑惑的人民群众的脸。

不多久，只见天空中一团火球无声地爆裂了，流火乱飞，纷纷的金色毛羽四散。接着"轰"的一声巨响，一团红亮亮的东西，坠落在地面上。

人们呼喊着，跑近前去一看，原来是一只硕大无朋的金黄色的三脚乌鸦。

太阳果然射下来了一个。人民齐声呐喊、欢呼。

羿知道闯了祸事，索性一不做二不休，连忙弯弓搭箭，第二支箭又从弓弦上疾风般地射出了。

接着便是一阵"飕""飕""飕"的连珠般的箭声。

天空中一团团火球无声地爆裂。满天是流火。数不清的金色羽毛四散在天空中。

三脚乌鸦一只只地坠落下来。人民的欢呼声响彻了大地。

嫦娥的脸色越来越阴沉。羿射得正酣畅而高兴。

一双老人的手伸进羿的箭袋，轻轻地抽出那里面剩下的最后一支箭。

羿伸手去取第十支箭，奇怪箭袋为什么空了。

他掉头一看，只见尧皇帝手里拿着一支箭笑迷迷地向他说：

"太阳对于人们也还是有益处的，就留下一个让他照耀世间吧。"

天空，浮起了一团团灰黑云，那剩下的一个太阳，正躲在云里发抖。羿恨恨地骂了一句：

"哼，便宜了你！"

人们在广场上狂欢地唱歌、跳舞……

羿

相传羿为善射之神。天帝的十个太阳儿子不顾秩序一齐出现在天空，致恶禽猛兽频出人间、民不聊生，因此天帝赐给羿"彤弓素矰"（《山海经》），以除掉猛兽、吓唬不受约束的十个太阳。上图描绘了羿张弓射日的场面，"羿焉彃日，乌焉解羽。"（《淮南子》）

八

逢蒙独自坐在广场角落的一块大石头上发闷。

两个小孩,辛乙和少甲,从欢乐的人群中跳出来,走到逢蒙的面前。

辛乙:"逢蒙叔叔,干吗你不去跳舞呢?大伙儿跳得多高兴啊!看,那不是我爷爷——"

随着孩子手指的方向望去,白胡子孟康正在吃力地跳着、笑着。

"爷爷,你跳累了呗?"辛乙两手卷作筒形,放在嘴上,大声喊嚷。

远处,老头儿向他的孙子笑着挥手示意,又跳到另一个地方去了。

年纪更小一点的少甲天真地向逢蒙说：

"逢蒙叔叔，你看，那个射太阳的英雄，本领多大啊！'飕'的一箭射出去，一个怪乌鸦就掉下来了。明儿，我长大了，也要做一个射太阳的英雄，'飕''飕''飕'——多好玩啊！你说好玩吗，逢蒙叔叔？"

"嗯。"逢蒙漠然地点了点头。

辛乙接着瞅着逢蒙问：

"太阳那么厉害，干吗会是三只足的乌鸦呢？奇怪！逢蒙叔叔，你讲给我们听听，好吗？"

"这个……我也说不上来，"逢蒙不感兴趣而又有些厌烦地说，"反正乌鸦就是乌鸦呗，有什么奇怪的！"

孟康从人群里退了出来，走到这里来。

孟康："呵，你两个小鬼在这儿玩得多有劲呀，你们不去看乐官夔带着一群人在那里跳'百兽舞'呢？"

小孩们兴奋地："哪里？哪里？"

孟康："那不是！"

远处，一群化装的歌舞队，带着燕子、老虎、熊、狼、鹿……等假面具，在手里敲打着石块和石片的乐官夔的率领下，混在人群中起劲地舞蹈着。

小孩们笑叫着如飞地向那边跑去。

孟康："逢蒙，这一下咱们快有好日子过喽，天神羿真行，一来就干掉九个可恶的太阳——想不到才是一伙怪乌鸦，可把咱们欺负够了！"

逢蒙满怀惭愧和嫉妒地说："嗯……"

孟康："怎么，你好像身子有点不大舒服？"觉察了他不舒服的原由，"——呵，老弟，算了吧，那不要紧。先前咱们有你这样一个高明射手，现在又来了一位更高明的天神羿，真太好啦！你知道：太阳的为害虽然是除掉了，可远方还有恶禽猛兽的为害没除掉呢。往后你们就可以商量着，把那帮恶禽猛兽替咱们干掉，让咱们大伙儿都能平平安安地过日子，你说好吗？"

"我？——我和天神羿？……"逢蒙困惑地说。

"是呀，你和天神羿，这难道不好吗？"孟康笑着说。

逢蒙："我是没有用的人啦！怎么能和射太阳的英雄相提并论呢？"

孟康："不，不，老弟，你也曾经替咱们做过好事，你的高明的箭法，咱们也都是佩服的。不过，说句真心话，你比起天神羿，就是要差点功夫。他是第一，你是第二。"

"我……第二？"逢蒙惘然地望着孟康。

孟康："第二，也不错吧？——依我看，你就拜他做老师，把他的本领学过来好啦！"

逢蒙："拜他做老师？我？"

孟康："那有什么不可以呢？人家是天上的神呀！——年轻人不要心高气傲。天神羿迟早是要上天的，把他的本领学过来之后，这人间还有谁比得上你的，那时候你不就是天下第一了吗？"

"真的？！"

逢蒙如梦方醒，兴奋地、感激地睁着一双眼睛望着孟康。

九

孟康的身形幻做了羿,逢蒙半跪在他的面前,苦苦地请求着。旁边站着的是尧皇帝和嫦娥。

羿:"要我收你做徒弟也不难,不过,我得先试试你的箭法怎么样。"

尧皇帝:"逢蒙在咱们人间本领还是不错的。大神您收他做了徒弟,将来去诛除怪禽猛兽,他还可以帮您点忙的。"

羿轻微地笑笑:"那可不见得吧?"

一行雁正从远处飞来,羿用手指着说:

"看,射那为头的一只!"

不等羿说完，逢蒙已经箭在弦上了。

"飕"的一箭射去，为头的一只大雁果然带箭跌落下来。

逢蒙收了弓箭，拜倒在羿的跟前。

天空，乌云密布，一阵狂风过后，大雨倾盆而至。

十

田野。潮湿的泥土。小溪里,水潺潺地流着。

人们在忙着犁田、栽种。

树上,出现了绿色的枝叶,鸟儿们歌唱着……

十一

羿的住宅。

羿和逢蒙谈着话,从屋子里走出来,到大门前停下。

羿:"……记住,第一是要练习不眨眼的本领,要做到任何东西在眼睛面前晃过,眼睛都不动一动。好啦,然后就得练习把小东西看成大东西的本领,比如说吧,把一个小虫子看成一头小牛,能做到这样,你才能做到箭不虚发。——这就是学射的两项基本功夫,回去好好地练习吧。"

逢蒙连连点头,向羿恭谨地行了个礼,回家去了。

羿掉头过来,嫦娥在楼窗上,微笑着向他招手。

十二

晨光照耀着羿和嫦娥楼上的卧室，刚起床梳洗毕的他俩，互相倚偎着，并坐在窗前。

嫦娥脸上似乎还留有夜来为某件事而争执的伤心和委屈的泪痕。

嫦娥："……就让逢蒙去对付那些野兽吧，咱们还是早一点回到天上，把事情平息下去的好。"

羿："不，你知道，这不是平常的野兽呀，逢蒙他怎么能对付得了呢？况且我已经答应了人家，过会儿尧皇帝他们就要来替我送行来了，我好意思说不去吗？"

嫦娥不胜忧愁和烦恼地说："早点儿回去向天帝请

罪或者还来得及,回去迟了,你会毁了你自己,还有我……唉,我真怕,天帝准会把我们打下十八层地狱去的!……"

羿轻轻推开嫦娥,站起身来。

"算了,算了,不要谈这个了。等我这次诛妖除怪回来,我看人间也就没有再需要我的地方了。那时候,我们马上就回天庭去,诚心诚意向天帝请罪好啦!"

羿从壁上取下他的神弓神箭,检视了一番;拉上弓,扣了扣弦,脸上露出英武得意的微笑。

"瞧,他们来啦!"他指着窗外说道。

郊原的远处,行人和车马集聚,尧皇帝率领着送行的群臣百姓,慢慢地向这边走了过来。

十三

风吹着白杨,发出萧萧的声响。

羿和送行的人群,散乱地站在大路上。地面上平布着人影、车影、马影。尘土在阳光中轻轻飞扬。

尧皇帝:"好啦,我们就把您送到这儿,希望您前途珍重,祝您早日胜利归来。"

羿:"谢谢您。"

全身武士服装,背弓带箭的逢蒙,再一次走到羿跟前,苦着脸请求说:

"师傅,还是让我跟您一道去吧。"

尧皇帝:"大神,我看您就带他一道去吧。有他在您身边，多少总可以帮一点忙。他在我们人间，那功夫也就算挺不错的啦！"

羿："不，不，他的功夫还差得远呢。那些野兽不是普通的野兽，他去不但没有用，反倒会替我添麻烦。"

人群里有谁忍不住发出嗤嗤的笑声，逢蒙一下子羞红了脸，眼睛里表露出不愉快的嫉恨的神色。

羿转身去整理马的辔头和鞍鞯，一边安慰逢蒙说：

"回去吧，好好儿待在家里练功夫，将来野兽是有你打的。可要记着：一定要刻苦锻炼，才能够有长进，千万不要骄傲自满。"

逢蒙摆出一副苦笑的脸倾听着，然后怏怏地退回去。

羿上马。嫦娥疾步奔上，握住他的手——

嫦娥："早一点回来，一路上多加小心，可千万不要再闯祸了！"

羿："你放心吧，诛妖除怪，还能闯什么祸呢？"

羿挥手向众人道别。调转马头，把马缰一勒，那马就直奔出去了。

人们长时间地眺望着大路远方：随着滚滚的烟尘，人和马都渐渐变做了个小白点，终于消逝不见了。

十四

逢蒙的家。

一间宽敞的屋子，放着一台织布机、一架纺车。壁上挂着弓箭和兽头、兽皮……

纺车咿唔着。逢蒙的妻，一个二十四五岁的年轻女人，正坐在纺车前面纺线子。

她一边纺线，一边唠叨着：

"我从来就没有见过像你这样没出息的人，天神羿一来，把你射手的声名都搞垮了，你呀，不但一点也不在乎，还拜给人家当徒弟。一天到晚，像个疯子似的，坐在那儿看虱子。——那有什么好看的呢？没有出息的人，才干这种下作的活！"

逢蒙端端正正地坐在窗子下面，神情专注地瞧着对面的墙壁，全不理睬老婆的絮叨。

墙壁、线、虱子。虱子的扩大的形象。

逢蒙妻："自从天神羿射下了太阳之后，你看还有谁把你瞧上眼的？从前谁不尊敬你这个射手？可是现在怎么呢，人家嘴巴上挂着的就只有一个天神羿。——是呀，他是你的师傅，连打野兽也不让你去，真是个好师傅呀！这不明明是要在大伙儿的面前丢你的脸，把你看得一钱不值？这几天别人都在议论，说你逢蒙连跟着天神羿去打野兽都配不上。我看你这一世的英名就算完喽！趁早把你的弓和箭拿来当劈柴烧了，改一个正经的行道，省得我跟你受这份肮脏气！……"

逢蒙不耐烦地站了起来："好啦好啦，别说啦！你以为我真的就是一个没有出息的人，是一个傻瓜、笨蛋吗？谁不知道我逢蒙也是不好欺负的，难道我就甘心让那个羿来拆我的台，甘心向他磕头拜师吗？你要这么想，你就错了……"

逢蒙妻："反正你已经在大伙儿的面前坍了台，还有什么好夸口的？"

女人的话说着了逢蒙的痛处，逢蒙发急地恼恨地说：

"是呀，坍了台……坍了台——我真是恨死了他！他要不是神，我早就把他宰了！我是不能让别人占我的上风的。可是，他是神，他的本领比我高强，他能把太阳射下来，我就不能。我恨他，可我又有什么办法呢？我要和他斗，我就得先把他的本领学过手来……"

逢蒙妻："他是神，你再怎么样勤学苦练，我看也未必赶得上他。他留在人间一天，你呀，你就抬不起头来一天。"

逢蒙："他既然是神，他迟早总归是要上天的，只要他一上了天，他的本领我又学过了手，这世间还有谁能够敌得过我？——不过话又说回来，他要是真不识相，赖着不上天的话，管他是神也好，不是神也好，我可都要给他点厉害尝尝！"

逢蒙妻："算了，算了，别说大话了，去弄你那个劳什子吧。才拜师傅，就想打师傅的翻天印了，要是我呀，才不收你这个没有良心的徒弟呢。"

逢蒙："你看，你看，刚才还在骂我没有出息，这一会儿又说我没有良心，娘儿们的话真难说。"

逢蒙在女人的脸上轻佻地拧了一把，笑着走开了。

他仍旧端端正正地坐在窗子下面，继续去看那悬挂在墙壁上的虱子。

虱子越来越大，渐渐地占据了整个画面。

虱子没有了，画面上出现了骑着白马在原野上奔跑的羿……

十五

狭貐、凿齿、九婴、大风、□□、修蛇皆为民害。(《淮南子》)

羿骑在白马上,和一个兽头人身的怪物——凿齿,战斗着。

怪物右手拿了一把戈,左手拿了一面盾,张开血盆大口,嘴里吐出一支形状像凿子的牙齿,一次又一次地向羿扑来。

羿挥剑和怪物格斗。

羿佯为败退,躲在一株大树后面,弯弓搭箭,对准追来的怪物的咽喉一箭射去。

怪物中箭,仰天倒下……

羿和一只形状像孔雀的怪鸟——大风,战斗着。

怪鸟嘎嘎鸣叫，低飞攫搏。

羿把身子藏在林薮中，用一条结实的绳子，系在箭尾弯弓搭箭，窥伺着怪鸟。

怪鸟低飞到头顶上，羿一箭射去，正中它的胸部。

凶悍的怪鸟，被羿拉了下来，用剑斩做几段……

羿驾着一只小船，在汹涌的波涛中和一条身上带箭、痛苦地扭曲腾跃着的巨蟒战斗着。

巨蟒吐出火焰样的舌头，掀排着如山的白浪，一再扑向羿的船头。

羿手执雪亮亮的宝剑，左挥右砍，巨蟒身受重创毙命，血流出来染红了一大汪湖水……

一只大野猪，长着长牙、利爪，从山脚下的麦田里窜了出来。

手执弓箭的羿跃马追踪在它的身后。

羿搭上箭、拉满弓一箭向它射去。

野猪带箭，挣扎逃跑。

羿再一箭射去，野猪倒地毙命。

羿下马，用剑劈下了一条猪腿……

窫 窳

狪貐，亦作窫窳。故事里的狪貐是少咸山的猛兽，"其状如牛而赤身，人面马足，名曰窫窳，其音如婴儿，是食人"（《山海经》）。然而，窫窳本为蛇身人面，有贰负与其臣危，二人不知何故共同杀害了窫窳，天帝怜其无罪，命众巫医"操不死之药以距之"（《山海经》），使窫窳重生。之后它跳到弱水中，化为龙头、虎爪、牛身、马足的怪物。

修 蛇

　　除猰貐外,羿擒杀的猛兽还有凿齿,"羿与凿齿战于寿华之野……羿持弓矢,凿齿持盾"(《山海经》);大风,"鸷鸟也,能坏人屋舍"(高诱注《淮南子》);九婴,"水火之怪,为人害"(高诱注《淮南子》);修蛇,"其毛如彘毫,其音如鼓柝"(《山海经》),传说"巴蛇食象,三岁出其骨,君子服之,无心腹之疾"(《山海经》)。上图描绘了羿所斩断的修蛇。

十六

冰夷人面,乘两龙。(《山海经》)

羿带着一条野猪腿,策马奔上一块高地。

眺望。

前面,是一条大河,波浪滚滚滔滔。

几只桂枝结成、装饰着香草和鲜花的龙船,在水面上漂浮。

一个白脸孔的、穿着鱼形紧身衣服的漂亮而风流的年轻男人,坐在其中一只特别美丽的龙船上,快乐地弹琴唱歌。一群妖娆的女郎围绕着他,有吹笙的,有吹箫的,有击鼓的,也有应和着他的歌声作出跳舞的姿态来的:乐舞襟然齐作——

鱼鳞的屋顶啊龙纹的厅堂,

紫贝的门楼啊珍珠的殿房;

河神的家啊——

在水乡,啊,在水乡!

他驾着龙船啊载着桂浆,

和女郎们啊河洲同游荡;

潺湲的流水啊——

叮当响,啊,响叮当!

水鸟在天空低翔,游鱼在波心潜跃,好像在为这一群快乐的人们助兴添欢。

羿用鞭梢指着前面,问一个正在坡垄上锄地的老农:

"那个年轻的男人是谁?他和那群姑娘在那里干吗呀?"

老农民啐了一口,脸上略带鄙夷的颜色,凑近身说:

"您还不知道:那就是黄河的水神河伯呀!他时常带着这群女妖精在这河面上寻欢作乐啊!"

羿:"他不是已经有了一个又温柔又美丽的妻子宓妃吗?"

老农民："您是说宓妃娘娘吗？是呀，可他偏不喜欢她呀，我们的这位风流的王爷，他就是这么个喜新厌旧的脾气啊！"

羿："哼，这家伙！让我和他开开玩笑。"

羿弯弓搭箭。老农民的吃惊的脸色。

水面上快乐地游行的龙船。

弹琴唱歌的河伯和女郎们的狂欢沉醉的情景。

"飕！"不知道从什么地方飞来一箭，河伯坐的那只龙船的船篷，登时便被射掉了半边。

女郎们捧着脸尖声狂叫。河伯大惊失色，把琴甩在一边，站起身来——

河伯："啊，是谁放的冷箭？是谁？是谁？——快取我的弓箭……"

话还没说完，"飕"的一声，又是一箭射来，射落了河伯头上的帽子。

河伯摸着头顶惊怔住了。

一个掌桡舵的像乌贼样的水怪，"扑通"一声跳下河去，水淋淋地爬起来，把一支箭交给河伯。

水怪："河神大人，这儿捡到一支箭。"

河伯接过箭来一看，箭杆上刻有"羿"一个篆文小字。

河伯:"原来是他!"

说毕再也顾不得什么身份和体统了,登时翻身跳进水去。

众女郎有的跟着河伯跳下水,有的在船上慌乱做一团。

岸上,羿哈哈地发出一阵开怀大笑。在老农民惊讶地注看下,羿策马下坡沿河飞奔而去……

河 伯

　　传说河伯是风流潇洒的英俊男子，因渡河淹死而做了水神。在古代神话中，河伯常被设定为性行卑劣的反面人物，古有"河伯娶妇"，也有其企图巧取豪夺澹台子羽的白璧的故事。他虽然有娇妻宓妃，却不甘于此，过着放浪风流的生活，"与女游兮九河，冲风起兮横波，乘水车兮荷盖，驾两龙兮骖螭……乘白鼋兮逐文鱼，与女游兮河之渚，流澌纷兮将来下。"(《九歌》)

十七

封豨是射,何献蒸肉之膏而后帝不若?(《楚辞》)

一天下午,羿家门前的槐树闪耀着夕阳的金光,手里提了一对鹁鸪的逢蒙,阴沉沉地笑着,来这儿串门子。

门上的家丁:"你又来啦!"

逢蒙:"是呀,跟你家主母问安去。——她在哪儿?"

家丁用手指着庭院的一角:

"那不是。"

逢蒙举眼一看,在一株火红的石榴树下面,嫦娥正站在那里赏花。身后一个女奴掌着一把大羽毛扇,轻轻替她扇着。

嫦娥："谁呀？"

逢蒙忙趋前几步，满脸堆着谄媚的笑，细声地说："师母，您好，师傅还没有回来？——这是我今天新打来的两只鹁鸪，送来给师母尝尝新。这东西肉很细嫩，顶好吃的。"

嫦娥高兴地接过手：

"哎，又麻烦你了，以后可千万别再这么着。"看了一看，递给另外的一个女奴："拿去腌起来。"

向逢蒙："等你师傅回来也尝一尝。"

逢蒙："师傅可不知道多久才能回来？"

嫦娥："快回来了吧，你看石榴花都开得这么鲜艳了，他原说一两个月工夫就能回来的。"

大路上，羿骑着马奔驰着，看看就快到家了。

刚刚望见宅门，那马就放缓了足步，慢慢地走着。

家丁们听见马蹄声，开了大门，迎接出去。

羿下了马，把马鞭和缰绳交在一个家丁的手上，然后走进大门。

逢蒙笑着迎上去："啊，师傅您回来啦？"

嫦娥也笑着迎上去："谢天谢地，你终于平安地回来了!这一次可没有再闯什么乱子吧?"

羿没说什么,只微笑着一直向厅堂走去。

厅堂的两壁,两只硕大无朋的金色羽毛三足乌鸦,高高地悬挂着,张开翅膀,好像还在飞翔。

羿从身上解下弓箭,弛了弓弦,和箭袋一同交给嫦娥。嫦娥接过手来,转身去挂在壁柱上。

羿笑问逢蒙:"你练的功夫怎么样了?"

逢蒙:"禀师傅,还好。我眼睛里看去的小虫子已经有猫那么大了。"

羿:"好好儿再练习吧,到有车轮那么大的一天,你的箭法就差不多了。"

逢蒙:"是,是。——师傅这一次跑了不少的地方吧?真是太辛苦了。"

羿:"也算不得什么辛苦。"

女奴捧上一瓶水来,羿坐到床上去喝水。喝完了水,用掌心揩了揩短黑胡子上沾的水珠,豪迈地笑着说:

"不过,那些恶禽猛兽总算给我搞光了,这一下人间就再也没有什么灾难了。"

逢蒙:"我们都感谢师傅您的恩德。"

嫦娥:"好啦,这一下咱们该回天上去啦。人间就算再有灾难,有逢蒙在这儿,也尽可以对付过去啦。"

逢蒙听了喜形于色地说:

"那怎么行,我还差得远呢。做徒弟的,我是希望师傅最好在人间住上十年八年,让我能够多学点本领……"

家丁捧上大野猪的腿。

嫦娥:"这是什么?"

羿:"这就是我在桑林杀死的一条大野猪的腿。你看这肉多么肥!快拿下去剁得细细的,蒸了起来,做成肉膏,奉献给天帝——是呀,我们的确也应该回天上去了。"

逢蒙:"好吧师傅,让我来帮您的忙,干这门活儿,我还是拿手呢。"

逢蒙兴致勃勃地争着从家丁手上接过野猪腿,正准备朝着厨房走去,忽然间起狂风,沙飞石走,门窗动摇。天色顿转昏暗,天空中浓云密布,又是闪电,又是雷鸣。逢蒙和家丁吓得惊怔不已。知道即将发生什么事情的羿和嫦娥,也只好是面面相觑。

天空中有宏大的声音:"羿、嫦娥接旨!"

野猪腿从逢蒙手上落在地面。

羿和嫦娥奔出厅堂,在庭阶上朝天跪下。

云端,站着一位气势十分凶恶的天神,他的身后随从着两名天将,一执大斧,一执长戟。天神手捧天帝圣旨,高声念道:

"天帝敕谕:射神羿暨其妻嫦娥擅敢违反天规,私下凡尘,羿又射杀日神,久不归位,本当处死,姑念众神讲情,免其死罪,着即革去二人神职,永远不许再返天庭。钦此。"

接着雷声霹雳一响,又是一阵狂风。狂风过后,云散雾开,天空复转清朗。

嫦娥伏在地上,昏厥了似的。羿把她扶起,走进厅堂,扶她在榻上坐定。

嫦娥看了看羿的脸,回身掩面伏在榻上伤心地哭泣。

逢蒙:"这是怎么一回事?怎么一回事?"

羿:"没有什么。只不过因为我们私下凡尘,射死了几只凶恶的怪乌鸦,天帝把我们贬在人间罢了。"

羿木然地站着,脸上没有表情,声音是冷冷的。

羿的话,使逢蒙大为惊愕,他用真正失望的悲愤的声调说:

"竟有这种事,怎么行呢?这真是——唉,真是太不公平了!"

榻上,嫦娥的哭泣愈来愈伤心了……

十八

夕阳从楼上窗外照射进来,映在卧榻上啜泣的嫦娥抽搐的身子上。

羿坐在卧榻上,用手抚着嫦娥的肩头,安慰地说:"好啦,好啦,别再难过啦!哭有什么用呢?"

嫦娥慢慢地坐起来,仰着泪痕斑斑的脸向着羿。

嫦娥:"早听我一句话,也不会弄成这个样子……"

羿有点不耐烦地打断她:"怎么你老抱怨我,我问你,我究竟犯了什么罪呢?"

嫦娥:"你射杀了人家九个儿子,还说没有罪?"

羿:"是的,我射杀了天帝九个儿子,可是,我却救活了成千上万的人民的生命呀！不管天帝怎么处罚我，我自个儿总是问心无愧的。老实说，天庭既然是这样的是非不分，既然有这么些不公不平，我倒宁愿住在凡间，做一个凡人好啦！"

愤懑的羿，迈着沉重的步子，在屋子里踱来踱去。

屋子外面，楼梯上，家丁和女奴们都抱着同情的态度，啧啧地议论着。他们在偷听屋里的动静。

嫦娥委屈地说："我不是说你做得不对，我只是说，你的性情太急躁了些，做什么事情全不好好地想想，这一下弄得来大家把神职都丢掉了，往后的日子可怎么过啊？"

"你怎么还愁日子不好过，你来看，"羿挽着嫦娥的手走到窗前："人间这一派景色多美！"

暮霭中，牧人赶着一群牛羊从大路的远方回来……路上，还有荷锄归来的农人，装着柴草的牛车……
屋顶上袅袅的炊烟，在灶前炊爨的农家妇女……
绕着屋子奔跑的儿童，受惊而逃进窝棚里的鹅鸭……
一个精神矍铄的老头子，走在荷锄归来的农人群中，高声唱着一支韵调有点古怪然而愉快的歌曲，众人应和着他的歌声——

  太阳出山啊——把活干啊!

    (众)把活干啊!

  太阳落山啊——且休闲呀!

    (众)且休闲呀!

  要喝水啊——我打井啊!

    (众)我打井啊!

  要吃饭啊——我耕地啊!

    (众)我耕地啊!

  皇帝和我啊——啥相干啊!

    (众)啥相干啊!

羿左手轻轻搂着嫦娥的身子,右手指着窗外——

"往后,"他说,"咱们就快快活活地住在这人间,我到山上去打猎,你就在家里织布,咱们和勤劳的人民一块儿干活,生活在一起,你说好吗?"

嫦娥不说话,她推开了羿,心事重重地转身坐在榻上。

羿:"怎么,你不高兴?"

嫦娥:"不是我不高兴。你就忘了,做人,就有死的一天,到那时候怎么办?难道曾经是天神的我们,还得到幽都去和那些黑色的鬼魂在一块过日子么?这是多么可怕,又是多么可耻啊!"

嫦娥的话使得羿哑然无声,他开始思考着这一新的难以解决的问题,半晌——

羿:"这——是呀,可耻……可怕……"

羿也有些颓然地坐在床榻上,怔怔地望着窗外的天空出神。

十九

羿的脸幻做了逢蒙的脸,也是坐在床榻上,怔怔地望着窗外出神。

半躺在床榻上的逢蒙的妻子,用手拉她的丈夫:

"夜深了,睡了吧。瞧,这一会儿又急成那个样子,他不是你的好师傅吗?干吗听说他贬在凡间,上不了天,你就急了?既是这么,倒不如还是去装孙子,去磕头求他走呗!"

逢蒙烦恼地说:"算了算了,这时候谁还和你谈这些废话?"

逢蒙妻:"不谈就算了,我可要睡了,别打扰我!"

说着便倒在床上,将薄被拉来盖住肩膊,翻身朝里便睡。

逢蒙轻轻拉开妻子的被盖,俯身向着妻子的脸。

逢蒙:"我给你谈正经的。你说,我该怎么办?他既然上不了天,当然就要在人间住一辈子。有了他,我就没法出头,我不能让他压在我的头上一辈子啊!"

逢蒙妻:"我问你,你从前为什么不敢碰他了?"

逢蒙:"因为他是神,人怎么能够碰得过神呢?再说,他的箭术的确比我高明。"

逢蒙妻:"可是,现在呢,他既然贬在凡间,不是神了,你还是那么怕他?我说呀,我才不知道倒了什么霉,嫁给你这样一个没有出息的男人……"

逢蒙:"你是要我把他……"

逢蒙妻翻身坐起来:"你要是愿意在他的胳膊底下过一辈子,那就什么也甭提了,要是还想出头露面,你就得拿出胆子来,作一个干脆的……"

逢蒙狠毒地哼了一声,瘪瘪嘴说:

"哼,你等着瞧吧,我逢蒙可不是好惹的!"

然后,他开始脱衣服,准备睡觉。

二十

羿的庭院里,一群群老百姓聚在那里,有的坐着,有的站着,三三两两地低声交谈着。

羿和嫦娥随同尧皇帝从厅堂里走出来,后面跟着一群臣僚,当中有大法官皋陶和他的神羊,还有因为害怕神羊而躲躲闪闪的逢蒙,都站在台阶上。

羿和嫦娥面带笑容,和蔼可亲地向百姓们打招呼。

老百姓们,起了一阵轻微的骚动,纷纷拥到庭阶前面来。人群中走出白胡子老汉孟康和一个年轻女人,孟康手捧一只小羔羊,女人手捧一瓶酒。

孟康:"大神,自从您替咱们射下了太阳,人间就风调雨顺,过好日子啦;现在又消灭了怪禽猛兽,咱们就更是无忧无虑了。这一点礼物,是咱们大伙儿的心意,您就收下吧。"

羿从孟康手里接过羔羊,交给身边的逢蒙,嫦娥从女人手里接过酒,交给身后的侍女。

孟康:"唉,听说,您替我们老百姓除了大害,却反而遭到天帝的责罚,说句罪过的话,这真是一件不公平的事啊!"

献酒的女人也情绪激动地说:

"可不是吗,人都给气坏了!太阳造了这么大的孽,害死了千千万万的人,难道说是应该的?大神您救了我们的性命,反而有了罪过——天底下有这种道理吗?"

逢蒙也义形于色地插嘴说道:"我要是能够上天,我也要去找天帝评评这个理……"

尧皇帝:"天上的事,咱们凡人也不懂,反正事情已经到了这一步,大神您就甭难过,安心住在人间好啦。"

孟康:"大伙儿都打从心眼里感谢大神您的恩情……"

另一个老头子抢着说:"咱们就请大神您安心地住在人间,咱们愿意一辈子侍奉您,像侍奉咱们的爹娘一样。"

众人:"对呀,对呀,咱们欢迎大神住在咱们人间!""欢迎大神永远住在人间!"

尧皇帝哈哈大笑,擦着眼泪说:"说实话,听说大神留在人间,首先我就乐开了。我常常担心,要是有一天大神回转天庭去了,往后这人间再有什么灾难,可拿来怎么办啊!"

羿和嫦娥微笑着感激地望着众人,眼睛里闪着激动的泪光——

"你们真是太好了……"

一张张善良的、诚挚的脸从他们模糊的泪眼中掠过……

二一

不死之树，寿蔽天地；请药西姥，乌得如羿！（《山海经图赞》）

嫦娥斜靠在榻上，带着比较开朗的神色，眼睛望着窗外的夕阳沉思着。

羿在屋子里踱着步，幻想着，喃喃地自语着：

"我真爱人间，和这些淳朴可爱的人民，要是能够长远地活在这世上，那多么好啊！只要不到地狱去，就什么都行——唉，可是不容易呀……长生不死……"

嫦娥："是呀，要真能这样，我们就再也没有什么忧虑了，可是我就没有听说过，做了人还会长生不死……"

羿："是呀，没有听说过……我也没有听说过……"

嫦娥沉默着。羿仍然在屋子里走着，想着。突然，他猛地一下跑到嫦娥面前，扳住她的肩头，激动地说：

"嗨，我倒想起来了，咱们在天上的时候，不是听说，在遥远的西方，有这么一个西王母吗？"

嫦娥："有这么个西王母，你提她干吗？她不是我们神国的神。"

羿："管她是不是——你可知道，西王母那儿藏有不死之药。吃了这药，就可以长生不死吗？"

嫦娥如梦初醒般地，倏地坐了起来，惊喜地说："对呀对呀，我听说过，她有这药。可是，西王母住在哪儿？我们哪里去找她？她这不死之药，愿意给我们吗？"

羿："别担心，西王母住的地方我知道，她住在昆仑山。趁现在我身上神力还没有消退，我去找她去。她素来心地慈悲，善恶分明，我想她一定会同情我们的。"

嫦娥兴奋地说："什么时候去呢？最好咱们一道去。"

羿："要去明天就去。我看，你还是留在家里，这一趟路程太远，要经过许多人迹罕至的地方，何必大家都去受这辛苦呢？"

嫦娥想了一想说："也好；不过，你总是一个人出去，真教人不放心……"

羿用手抚摸着嫦娥的肩头，爱抚地说：

"不会有什么的，你放心，这次要是求得了不死之药回来，咱们以后就永远在一起，再也不会分开了。"

嫦娥望着羿，深情地嫣然一笑。

二二

深夜，在逢蒙的屋子里。

桌上燃着一支已经烧了大半段的蜡烛，蜡油狼藉。

桌子旁边坐着逢蒙和他的女人，一望而知他们是在商量着一件重要的事情，并且已经是谈了很久了。

逢蒙妻："就这么办，等天一亮你就去说，无论如何要同他一道去。话可说得动听一点，亲热一点。你说师傅走的这么远，徒弟还能不伴随师傅一道去吗；再说，一路上有徒弟侍奉，师母在家里也可以放心一些。这么一说，嫦娥就会赞成你同他一道去了。"

逢蒙："对，等我走到半路，就偷偷地找机会一家伙……"

逢蒙妻："傻瓜，谁叫你这么性急，你不会等他求到了不死之药回来，再干掉他？那时候，非但再没有比你箭法高明的人压着你，咱们俩还都可以长生不老，那不是更好吗？"

逢蒙乐得跳起来，他狠狠地玩笑地在老婆的脸蛋上拧了一把，狎邪地说：

"你这娘儿们呀，看不出来比我还厉害，真他妈的诡计多端！"

逢蒙妻照着他的脸啐了一口："去你妈的！"

两个人紧抱着，脸挨着脸，一齐哈哈大笑。

二三

山道上,羿骑着白马,逢蒙骑着黑马,一前一后,缓缓地前进着。

在一处小山坡上,羿勒住马,指着前面一条河,向逢蒙说道:

"前面就是洛水,到这儿为止,你不要送我了。再过去尽是险山恶水,平常人是很难过得去的。你回去吧。"

逢蒙:"不,师傅,我一定要伴送您。师母也说,要我一路上好好地服侍您,无论有什么危险,都要和您同去同来。"

羿："你师母总是把我当小孩似的关照着，可是你知道，对于我有危险的事，对于你危险就更大了，你说你去有什么用呢？"

逢蒙踟躇着，他还想说什么，羿继续说：

"前面的道路，你无论如何是过不去的。难为你送了我这么远，咱们就在这儿分手吧。"

逢蒙点点头，做了一个无可奈何的脸相：

"那么师傅什么时候能回来呢？"

羿："不过两三个月的工夫就可以回来，回去告诉你师母，不要挂念我。"

羿向逢蒙挥了挥手，纵马前进。

逢蒙骑在马上，失望而又愤怒地望着羿远去的背影。

二四

翩若惊鸿，婉若游龙。(《洛神赋》)

羿策马前进。

在洛水岸边，在那林木蓊翳、杂花生树的岩畔，像奇迹般地，突然显现了一个颀长而秀美的风度超卓的女人，紧锁着双眉，在那里徘徊叹息，偷弹泪珠。

洛水波面升起了淡淡的烟霭，烟霭中似乎有一些美貌的女仙，手里或捧明珠，或持翠羽，在那里蹁跹地舞蹈。

隐约中还有一种哀怨的、感伤的歌声传来。

对着这景象，羿脸上表现出狐疑的神色，怔怔地望着水面出神。

他决定到前面去看个究竟。他把马缰轻轻一带，那马就缓缓朝前走去。

逢蒙下马,躲在一座山岩后面窥看动静。

女人背着身子坐在一块石头上,面对着洛水。

马蹄嘚嘚的声响,使她吃惊地回头过来,她稍为有点慌乱地站起身,下意识地擦去脸上的眼泪。

她正待开口,羿先说话了,他轻声地温柔地问道:

"能告诉我,您是什么人吗?"

羿说着,下了马,站在她的面前。

女人用眼睛打量着羿:"您是谁?……"

(在她的面前,是一位全身武士打扮,背弓带箭,气宇非凡的英雄。)

羿:"我名叫羿,是从天上下凡来,替人间除害的。"

"什么,你就是羿?——是曾经射过九个太阳的英雄羿?"女人更是吃惊了,可是,在她的脸上,喜悦已经代替了惧怕。

"是的,"羿安详地说,"我就是射太阳的羿。告诉我,您是谁?我能替您做点什么事吗?"

羿射日的英名和他诚恳的态度完全使她放心了,她开始诉说她的委屈——

"我名叫宓妃,是这洛水的女神,河伯就是我的丈夫……"

说到这里,河面上那凄凉、哀怨的歌声又起来,宓妃眼泪又流下来,说不下去了,回头望望河面,挥挥手说:

"回家去吧,姊妹们!"

歌舞蹁跹的女仙们消隐在雾霭苍溟中。

宓妃:"请坐下来,让我慢慢告诉你。"

羿和宓妃,在两块大石头上面对面坐下来。

山岩后面的逢蒙,偷偷溜过来,藏在近处一株大树的枝叶间侦伺着他们。

宓妃:"我的丈夫河伯,他是一个风流浪荡的花花公子,虽然我很爱他,可是他并不忠于我的爱情,他整天和那些女妖精在一块儿瞎闹,把我丢在一边,有时我劝劝他,他还打我骂我,尽情地欺负我——像这种生活,您教我怎么过得下去啊!"

羿:"不久以前,我曾经见过您的丈夫。"

宓妃:"啊,您见过他吗?在什么地方?"

羿:"在黄河边上。当时他正驾着龙船,和一群年轻妖娆的姑娘在那里游玩呢。"

宓妃:"真可恨!……"

羿："那时候，我曾经开玩笑地射了他两箭。"

宓妃惊惶地说："怎么，他受伤了吗？"

羿笑了起来："您放心，我不过是射坏了他一张船篷，射丢了他一顶帽子罢了。"

宓妃吁了一口气，掩饰地说："像这种人呀，原也该教训他才好呢！"

羿笑，宓妃也笑。

大树后面逢蒙的一张诡秘的笑脸缩了下去。

二五

黄河河滨。

河伯乘着荷叶做篷的龙船,和女郎们在河滨游戏。

众女郎或擎荷花,或持莲蓬,妖形媚态,曼舞清歌,河伯在她们当中被弄得神魂飘荡,显露出许多肉麻的样子。

忽然,河里水波翻涌,水里冒出一个乌贼形象的贼头贼脑的人来,跳上船头,气急败坏地说:

"报……报……报告大王,事情不好了,刚……刚才我在洛水巡查,看……看见宓妃娘娘,正和射太阳的那个大汉坐在河岸边谈心,光景怪亲热呢。"

河伯听了勃然大怒:"好呀,我说那家伙先前为什么和我开玩笑,原来这个贱人早已经和他勾搭上了。她既然不忠不贞,也就怪不得我无情无义,我要给她点颜色瞧瞧——来人呀,快快备上我的战船……"

"慢着,"乌贼做手势阻止,探头在河伯耳边低语:"我看那个家伙虽然遭贬,他的神力还没有消退,还不大好惹呢。大王你得小心着点。"

河伯沉吟不语,被射掉船篷和帽子的景象又浮上了他的记忆。他终于脸色尴尬地说:

"好吧,你们都各自回去,让我去看看光景再说。"

河伯纵身入水。波涛汹涌。船沉。女郎们消逝于烟波浩杳中。

二六

河伯化为白龙，游于水旁，羿见，射之，眇其左目。
——王逸注(《淮南子》)

河伯变化做一条白龙，在浪涛里潜游着。

白龙探头出水，睁着一对红亮亮的大眼睛，扬髯振须，向远方的河岸窥探着。

河岸上，羿和宓妃还是并坐在那里谈什么。宓妃似乎还在哭泣。

白龙愤怒地张牙舞爪，掀腾起汹涌的波涛。顷刻间，乌云漫天，狂风卷地……

宓妃和羿同时站起身来。风吹着他们的头发和衣袂。

宓妃望了望河心，颜色惨变地说：

"他来了！"

羿笑了笑："不要怕。"说着从背上取下弓，弯弓搭箭——

宓妃："不，不……饶了他……"

当宓妃正慌忙地想用手去拖住羿手膀的时候，"飕"的一声，箭已从弦上发出。

立刻，水面出现了一团殷红的颜色，河伯中箭了。这时，白龙痛苦而又愤怒地在水中翻滚，掀起滔天的巨浪，大水向羿和宓妃站立的处所涌来。

白龙带箭逃窜……

羿望着渐渐消退的浪潮，得意地说："这一下，他再也不敢在您的面前胡闹了。我使他受了一点小小的伤。"

宓妃内心难受地说："可是，这一来他更会恨死我了。我必须马上回去。以后我们也许再也见不着了。"

"为什么？……"羿困惑地说。

宓妃摇摇头，终于说："不管怎样，我是多么感谢您的好心啊！"

宓妃深情地看了羿一眼，迅速地回过身子，如一片花瓣飘然地奔向河心，顷刻之间便消隐在水波之中，不见踪影了。

羿怔怔地望着河水，惘然地出了一会神。然后，翻身上马，沿着河岸的山道，向上游纵马疾驰而去。

躲在大树后面偷看动静的逢蒙，奸诈地笑了笑，爬下树来，骑上自己的马，扬了扬鞭，往回家的方向跑去了。

二七

(昆仑山)下有弱水之渊环之;其外有炎火之山。(《山海经》)

羿的人和马在乱石嵯峨的急流中滑跌着……

羿的人和马在陡岩、峭壁上驰行着……

羿的人和马在风沙里挣扎着前进着……

羿的人和马在大火的森林里猛冲着……

二八

逢蒙的屋子里。

晚上。在一支蜡烛的暗淡的光辉下,一群人围绕着逢蒙在听他讲些什么。内中两三个是羿的家丁和女奴。

逢蒙说:"……是呀,我就奇怪,快走到洛水,他说什么也不让我去了,原来他和那个女人有这个把戏。"

逢蒙妻:"看样子平常倒是怪正经的。"

逢蒙:"唉,调戏了人家的老婆,还一箭把人家射伤了,这怎么说得过去呢?"

逢蒙妻:"说句不好听的话,我看呀,他下凡恐怕倒未必专门是为了射太阳,说不定早打算干点别的什么见不得人的勾当,要不然怎么会遭天帝的贬谪呢?"

逢蒙机密地说:"对,对,这话有道理——可是,诸位,这事可千万别说出去呀,要是给嫦娥知道了,那可不是玩的。"

羿的家丁和女奴都半信半疑地摇摇头,神情诡秘,相视而笑……

二九

西王母梯几而戴胜杖，其南有三青鸟。（《山海经》）

骑着白马的羿来到一座巍峨的大山脚下。

大山，怪石嵯岈，层层堆叠起来，高矗入云。山的最高处，笼罩在一片熠耀的光辉里。隐约可见城阙、楼观、宫殿……等等。

三只红脑袋、黑眼睛、青身子的大鸟，从山顶上翩然飞下来，在羿头顶的上空飞鸣盘旋。

羿略一思索，即便下马，把马拴在一株大树下，便跟随着这几只鸟儿的引导，徒步上山。

羿轻身飞举，在林杪上奔跑……

羿攀登上悬岩峭壁……

羿飞越过山与山之间的峡谷……

羿乘着一朵朵晶莹明亮的美丽的火光，上升，上升……

层峦、翠嶂、美树、奇花……终于来到了仙山山顶。

一座掩映在藤萝葛蔓和飞瀑流泉之间的华美的神仙洞府，出现在眼前。

三只青鸟飞到了洞府门前停下，忽然幻变做了三个年轻美丽、笑脸迎人的女郎。

女郎们："请进吧，王母等候您多时了。"

洞门呀然而开，一个眉目间有威武肃杀之气却又表现得慈祥和蔼的老太婆拄着杖从洞里迎迓出来。

"啊，西王母！"羿拱手趋步上前，半跪在地。

西王母急忙扶起羿，笑容可掬地说："请进，请……"

西王母陪同着羿，并肩走进洞府，三个女郎在后面跟随着。

深邃的洞。壁上镶嵌着明月宝珠，光华闪闪，一个一个闪了过去了。

豁然开朗。一座光明洞彻的宽敞的大厅。有嘉树、奇花，有碧绿的池子，轩外蟠桃作龙虬盘曲的姿态，结了累累的巨大的桃实。

筵宴已经安排好了，西王母和羿并坐筵前，看三个女郎导引着一群歌童舞女清歌曼舞，乐师们在水池旁边席地奏乐……

羿："够了够了，弟子已经不胜酒量了。"

西王母："再请干一杯。"

羿勉强饮尽杯中的酒。

羿："酒就是这样了。弟子远道而来，有一句话启禀王母。"

西王母："你不说我也是知道的。你是来向我请求不死灵药的——是吗？"

羿："求王母大发慈悲，可怜羿夫妇，以免将来堕入幽冥。"

西王母："救人的人，应该得救的。你为人间除了大害，应该长生不死，人间也需要你留下。"

说着把拐杖在桌沿轻轻扣击了三下，马上就有一只金色的葫芦，系着红绫带子，被一只小鸟儿衔着，从洞府深处飞了出来，飞到西王母的面前。

西王母接过葫芦，挥走小鸟儿，郑重地向羿说：

"这药，是足够你夫妇俩吃了都长生不老的，假如是一个人单独吃了，就还有升天成神的希望。"

羿："弟子只愿长住在人间，再也不愿回天上了。"

西王母："那也好呀。你夫妇得到了长生，要为人间多做好事。"

羿站起身来，恭敬地拱手回答道："我凭着这张神弓，和剩余的神力，一定要为人间除尽灾害，不敢一刻忘记您的吩咐。"

西王母："好极了。"

西王母将葫芦授与羿，羿双手接过葫芦。

羿："弟子告辞。"

西王母："还有几句话要告诉你，这药，是从不死树上结的不死果炼制成的。不死树三千年一开花，三千年一结果，果子很不容易得到。我的全部药物都在这里了。你拿回去好好地保存，以后就再也没有了。"

羿："弟子知道。"

西王母送羿出洞。羿拜别西王母。

骑着白马的羿在原野上奔驰。大山消隐在云雾中。

西王母

《山海经》中描述的西王母,是一个长着豹子尾巴、老虎牙齿、头发乱蓬蓬地披着并戴玉胜、善于啸叫、掌管瘟疫刑罚的怪神,并无明确的性别定论。"其状如人,豹尾虎齿而善啸,蓬发戴胜,是司天之厉及五残。"他有三只青身红首、多力善飞的猛禽为他寻找食物,"赤首黑目,一曰大鵹,一曰少鵹,一曰青鸟。"(《山海经》)

开明兽

西王母与不死树所在之地昆仑山,环境极为恶劣。昆仑山下是弱水深渊,一片羽毛掉在上面都会沉没;外面环绕着炎火,昼夜不息;昆仑山顶还有九个脑袋的开明兽据守山门。"开明兽身大类虎而九首,皆人面,东向立昆仑上。"(《山海经》)

三十

黎明，太阳还没有升起，只东方微微有点红霞。

四野是静悄悄的。远处传来喔喔的鸡啼。

逢蒙家的门慢慢打开了，出现了逢蒙老婆的神色诡秘的脸。她东张西望了一会，然后把身子从半开的门缝里挤了出来。

她又向四周看了看，然后回身向门里招招手。

逢蒙从门里走出来，背弓带箭，也是贼眉鼠眼地望了望四周。

逢蒙的老婆进门去拿了一个干粮袋来给逢蒙挂在脖子上。两个人趁势凑在一起唧唧哝哝地说了几句。

逢蒙从屋后马棚牵出他的黑色马,翻身上马。

逢蒙妻:"要小心!"

逢蒙:"坏不了事。"

逢蒙在马上挥了挥手,他的老婆也向他挥了挥手。

用布包缠着的四个马蹄无声地驰骋向大路的远方……

三一

薄暮。大路上。羿骑着白马,腰间挂着金色葫芦,神情舒坦地向远处跑来。预先埋伏在近处树林边上的逢蒙,忽然站起身,弯弓搭箭,一箭向羿射去。

羿眼明手快,刚见树林边上人影一闪,急忙取下弓,搭上箭,在跑着的马上一箭向对方回敬去。

"铮"的一声,箭尖正触着箭尖,发出几点火花,在空中挤成了一个"人"字,同时翻身落在地上。

接着双方又来了第二箭,也是相触在半空中。

一连射了好几箭,都是这样的情景。

羿的箭用尽了,这才看清楚逢蒙得意地站在树林边上,还有一支箭搭在弦上,正对准着他的咽喉。

来不及让羿略作防备,对方的箭早已经像流星般,"飕"的一声径向羿的咽喉飞过来。

也许是瞄准差了一点,却正中羿的嘴。

一个筋斗,羿带箭掉下马去了,马也就站住。

逢蒙见羿带箭倒地,好一会儿没有动静,料必已死,便放大胆子蹩过来,弯下腰去解他的金色葫芦。

正在贼足贼手解葫芦的时候,羿忽然张开眼睛,直坐起来。逢蒙吓了一个坐蹬。

羿把嘴里的箭吐在地上,站起身来,笑着说:

"你真是白跟我学了这么久,难道连我的'啮镞法'都不知道么?这怎么行,还得好好练习啊!"

"饶恕我……"逢蒙丢了弓,"扑"地跪伏在地上,半哭泣半号叫地干哑着嗓子哀告说。

羿鄙夷而憎恶地挥了挥手:"去吧,从今以后别再见我的面了。"说着准备翻身上马。

逢蒙仍挽着羿的衣襟不丢手:"还求师傅千万别把这件丑事告诉别人,要不徒弟真是没有脸面活在世间了。"

羿简单地轻蔑地说了一个"好"字,便上马从容而去,留下身后的逢蒙做出一副哭笑不得的尴尬脸相在发怔。

三二

掌灯时分，羿回到了家。

"主人回来啦！主人回来啦！"家丁和女奴们都欢欣地出来迎接。

正在楼上对镜挽妆的嫦娥也跑下楼来。

羿携着嫦娥的手，一同上楼。

羿从腰间解下金葫芦，递给嫦娥。

嫦娥捧着葫芦，放在鼻前闻闻，露出一个幸福而满足的微笑："辛苦你啦！"

羿："好好地收藏着，挑一个好日子来大家同吃。"

嫦娥："后天晚上是中秋月圆的时候，就是后天晚上好不好？"

羿高兴地说："好呀，我们也该稍微准备一下庆祝的仪式才成。"

嫦娥："和你一道去的逢蒙不是早已经回来了吗，叫他来帮帮忙好吧？"

羿："那个人我已经不要他了。"

嫦娥："为什么呢？"

羿："唉，你别管吧。"

嫦娥不敢再问，可是当她捧着金葫芦转身去壁橱收藏的时候，脸上却掠过一道猜疑的阴影。

三三

隔了一天的下午,羿的家里,家奴们正在忙碌着。

大厅上,影壁中央悬挂着巨幅篆书金绣寿字和西王母像。有的在陈香案,有的在摆供品,有的张灯,有的结彩,准备先答谢了西王母的赐予,再服用灵药。

羿和嫦娥高高兴兴地从楼上走下来。

女奴手捧一个漆盘,盘里盛了一对金环、一对玉玦,呈现在羿夫妇面前。

女奴:"这是尧皇帝特别遣人送来贺喜的。"

羿拿起一个玉玦套在右手的拇指上,笑笑说:

"这东西,我射箭的时候,正用得着。"

嫦娥把一对金环放在耳朵边上比了一比，娇媚地说：

"这也很不错呀！"

说罢两人一齐都笑了起来。

羿："告诉来人，改天我就去当面道谢。"

女奴："是。"

女奴把礼物陈放在香案上，退下。

羿："今天天气这么好，晚上准定是月光明媚的，反正时候还早，我再到附近山上去打点野物；你呢，到林子里去采点野花，咱们好好地乐它一下。"

嫦娥："亏你想得周道。"

两个人兴致勃勃地，一个手提花篮，一个腋挟弓箭，一同走出门去。

家丁从马房里牵出马，羿翻身上马。两人相对深情一笑。

羿向大路奔驰而去，嫦娥目送羿去了，脸上挂着幸福的微笑，折往屋后的小路。

三四

嫦娥走到一条小溪前,在溪边的草地上采撷野菊花。

几个女人在桥下洗衣服,其中一个是逢蒙的老婆,正在那里散播羿的谣言,看见嫦娥来了,故意提高嗓门道:

"刚走到洛水,说什么他也不让我男人跟他去了,原来他去和那个叫……叫做什么……什么'宓妃'的女人有这套把戏,哼,一箭射去,差点没有把人家男人给射死!"

嫦娥机警地将身子隐藏在小树后面,睁大眼睛注意倾听着。

一个女人的声音:"哎呀,这才罪过哩!自己守着个那么漂亮的老婆,怎么还和有夫之妇干这个勾当?"

另一个女人的声音:"这就叫做色胆包天。我看羿这个天上的英雄呀,原来和世间的英雄一样,都是喜欢沾花惹草的哩!"

第三个女人的戏谑声音:"当心点,别让他哪一天把你这个徒弟媳妇看上了,那才够呛呢。"

接着是一阵哈哈的哄笑和戏谑的推攘的声音。嫦娥心子扑腾扑腾地跳着,脸孔发热,头发晕,再也听不下去了,疾忙用手背抚额,昏昏沉沉地逃跑开去。身后又传来一片刺耳的哈哈的笑声……

三五

嫦娥走进树林子里。

她的神情比较镇静些了,但却是满腹疑团地无精打采地走着……她几乎不知道她到树林里来做什么……

是黄昏薄暮的时候,树林里的光线已经有些昏暗。

一棵树的枝叶簌簌闪动,似乎树上有人。

嫦娥惊问:"谁呀?""我,师母。"从树上跳下一个人来,原来是逢蒙,手上拿了一些果子,衣兜里也揣了一些,见了嫦娥,巴结地笑着。

嫦娥:"啊,原来是你,在这里干什么呀?"

逢蒙:"知道师傅和师母今儿晚上是服药的大喜之

期，想采点果子，托人给您俩送去。"

嫦娥："我倒奇怪。自从你打洛水回来，只来见过我一次，往后就没有再来过了。如今你师傅回来了，你不亲自去见见他，干吗采了果子也要托人送去呢？"

逢蒙摇摇头："唉……"手里一两个果子落在地上。

嫦娥起了很深的疑惑："你说呀，究竟是怎么一回事？"

逢蒙哭丧着脸："师傅……他已经不要我了！"

嫦娥："他干吗不要你？"

逢蒙：……

嫦娥："你说呀？"

逢蒙："师母，我说了你可别难过。"

嫦娥斜倚在一株大树上，心绪不宁地点了点头。

逢蒙奸诈而诡秘地把头凑近前去，低声地述说了，同时又用手比划着，刚比划到箭射河伯一节，嫦娥忽然"啊"了一声，微晕过去。

逢蒙："师母，您怎么啦？"

嫦娥自制地挣扎着站起来："没什么，你回去吧。"

嫦娥提着那只只装了不多几朵野花的竹篮，强打精神地向林子外面急急走去。逢蒙在她的身后阴险地笑笑，露出了几颗白灿灿的凶狠的牙齿。

三六

嫦娥拖着疲惫的步子,走回家。

嫦娥走上厅堂。厅堂上,灯火辉煌,香案上陈列着供品,却是没个人影。一阵阵笑声和说话声却从廊下家奴住的一间屋子里传来。

嫦娥起了疑心,将花篮随意放在香案上,潜步走到廊下小屋窗前,从窗孔向里窥看。

男男女女几个家奴,聚在一张桌子前而谈论着。

(我们在逢蒙家里曾见过的)一个家丁:"那个洛水的仙姑,听说是连天上都少有的美人儿,难怪我家老爷要动心,这都不打紧,"飕"的一箭射去,几乎叫河神爷送了命……"

一个女奴:"唉,这也未免太狠心了,再说,这又怎么对得住自己的女人……唉,还吃什么不死之药啊,这不是叫人家活着受罪吗?"

嫦娥脸色惨变地斜倚着壁柱,微微地闭上了眼睛。

三七

垣娥窃以奔月,怅然有丧,无以续之。(《淮南子》)

沿着黝暗的长长的扶梯,嫦娥一步一顿地艰难地向楼上走去。

楼门打开,对面楼窗上一派明月的清辉透射进来。

嫦娥失神地站在月光中,望着窗外的夜的天空。

她痛苦、徘徊,脑子里在自语着:"嫦娥,嫦娥,你成了一个被抛弃的可怜的女人了!你一片痴心,陪伴他从天上私下凡尘,受了天帝的责罚,不能再上天去,这牺牲还不够大?可是得到的报偿是什么呢?背叛和抛弃……"

嫦娥打开壁橱,取出装不死之药的金葫芦:"啊,金葫芦！金葫芦！叫人伤心的金葫芦呀！人假如没有了爱情，长命万万年又有什么用呢？你被我那狠心的人带了回来，只是为要和我开一场无休无止的痛苦的玩笑吗？看来我应该砸碎了你，独自个到幽都去伴随那些黑色的鬼魂……"

嫦娥举起葫芦要往窗外摔，猛然转念一想："啊，不，不。我不能到幽都去。他既然对我这么无情，我何必还要为他牺牲？听说这药如果一齐吃了，还可以升天成神。我本来是天上的女神，应该把这药全部吃下，回天上去，让他和他的新欢在世间留着！"

嫦娥打定主意，便把葫芦盖揭开，从中倒出两颗光艳艳的金色丸药来。嫦娥把丸药放在嘴里，拿起桌上的瓦罐子，喝了一口水，吞在肚里。

奇事果然在这时发生了，嫦娥渐渐觉得她的身子轻飘飘的，足和地面脱离开来，终于不由自主地飘出了窗口。

外面是夜晚的蓝天，灰白的郊野，天上有一轮团圆的皓月，被一些金色的小星围绕着。

嫦娥一直飘升上去……

三八

红色的、蓝色的、金色的……小星闪闪地游过,嫦娥穿过星群,愈升愈高……

天上那一轮清辉四射的圆月,也愈来愈大,显现出了楼台亭阁,终于占据了整个画面。

嫦娥飞奔进了月宫。

月宫里冷冷清清。庭前有两只小白兔,手持玉杵,活泼泼地在那里相向捣药。又有一株桂树,树下有一个汉子在那里用斧砍树,树创随砍随合,再也砍它不倒。

除了单调的捣药声和伐木声以外,就没有其他的声音了。

嫦娥问砍树的汉子："你是谁呀？你为什么在这里砍树？"

汉子不答。却只传来远远的空虚的回响："……谁呀？……砍树？"

嫦娥在月宫里徘徊，脑子里自语着：

"奇怪！我怎么来到了这个地方？我为什么不到天府，却来到了月宫？我是怕天帝的责罚吗？是怕众神的耻笑吗？——是啊，我有些怕。可是想不到月宫里这么冷清，我住不惯呀！我要到别的地方去……"嫦娥作势往外奔，但却已经离不开了。"怎么，离不开了？这怎么办呀？——好吧，让我凭着这栏杆，再看一看我那狠心的人——啊，他骑着马回来了！……"

三九

马蹄嘚嘚,羿沿着树影和月光交织的道路,沐浴着凉爽的夜风,满脸欢欣地从附近山上打了野物回来了。

到了宅门,马自然而然地停下了。一个家丁迎出来。

羿下马,从马背上取下打来的野物。家丁伸手去接,羿没有给他,只是问:

"主母采花回来了吗?"

家丁:"早回来了。"

羿将手里马鞭掷给家丁,提着野物跑进门。

"嫦娥!嫦娥!"

大厅上空无一人。香案上花篮里只有几朵可怜的野菊花。

几个家奴惊惶地从屋子里走出来。

"嫦娥！嫦娥！"

羿喊叫着跑上楼。楼上也没有人，只有月的清光。

"咦，她到哪里去了？"羿狐疑地自语着。

他又跑下楼。家奴们仿佛觉察到事情不妙，带着仓惶的神色，群聚在楼梯口。

羿："主母呢？"

家奴之一："在楼上呀！"

羿又朝楼上跑。在屋子里惶急地徘徊。

脚踢着一件东西，在楼板上骨碌碌地滚转。

滚到月光照射的地方，金光闪闪，什么？——原来是金葫芦。

拾起葫芦来一看，葫芦里的仙药已经没有了，金葫芦就只剩下了一个空壳。

手里的野物和金葫芦同时坠地，在葫芦的滚转声中，羿站在月光里，举眼仰望着天空，失神地怔住了……

月宫里凭栏俯瞰的嫦娥诧异地在头脑里自语：

"咦，他怎么了？他为什么用这么悲哀、痛苦、失望、恼恨的眼光望着天空?这不像是负心人的眼光呀,这眼光倒像是在深深地怨恨着我。怨恨我干吗?难道我做了什么错事?——啊,看,他一口气跑下楼,又一口气跑出了院子,连那些家丁和女奴都阻挡不住他……看啊,他在田野里漫无目的地走呀,走呀,像伤透了心似的……"

四十

灰白的郊野。

羿拖着疲乏、沉重的步子，漫无目的地走着，走着……

他像是在寻找什么，实际上又什么没有寻找。

他举眼仰望天空，脑子里在低沉地自语着：

"嫦娥，嫦娥，你在哪里？你在哪里？难道你真忍心把仙药独自个偷偷地吃下，上天去成了神吗？——是啊，你本来是天上的女神，我应该还你一个女神才是。你告诉我你要上天，我把全部的仙药都给你吃下好了；可是你不该欺骗我呀！爱情上的欺骗，它比毒箭还要残酷，它使我深深地痛苦和伤心……在天堂，在人间，既然都没有我的容身之地，看来我只有到地狱去伴随那些黑色的鬼魂了……"

一个黑色的鬼影，手里拖着一根木棒，偷偷地跟随在羿的身后，在距羿几十步远的地方，弯腰缩肩，不即不离地跟随着……

嫦娥："这是什么人？他跟在他的后面干什么？——啊，这是逢蒙，手里还拿着一根大木棒！——啊呀，这个骗子，这个奸贼，他要想杀他呀！我上了他的当了，他的阴谋成功了！当心些！当心些！我的亲人呀，当心你身后的这个贼呀！"

四一

羿死于桃棓。(《淮南子》)

羿完全茫然无觉,仍旧贸贸然地朝前走。

鬼鬼祟祟的、手持大木棒的逢蒙跟踪在他的身后。

羿穿过一片小树林,来到一条河边。

手执大木棒的逢蒙,在一株树后隐藏着。

羿看着河中动荡的月色、水光,沉思着什么。

大木棒从树后伸了出来,对准羿的后脑重重地这么一击。

羿左手扶头,慢慢地转过脸来,用无比愤怒和轻蔑的眼光向后一瞧,黑色的血从手指间汩汩流下。然后像山崩岩溃般,一下子颓然倒在地上。

逢蒙丢了木棒,拔腿逃走……

嫦娥情不自禁地喊出了声:"捉住他!捉住他!这奸贼!这骗子!这阴险的小人!"

她倚着栏杆昏晕过去了。

四二

大路、小路、坡垄、洼地……纷纷有人向着河边跑来……

河边上,一大群人围着羿的尸身,沉默地低着头。

人圈中逢蒙跪在羿尸身的前面,两手捧住脸,干哑着嗓子号泣着:"师傅呀,师傅呀,是谁这么伤天害理,杀死了您啊?我要是查出那个人来呀——啊,我定要呀……拿我的刀来呀……把他剁成肉酱呀!……"

人群中有人不大耐烦地说:"别哭了,别哭了,你看尧皇帝他们都来了!"

人群后面有小孩子的高兴的声音:"啊,还有皋陶大法官和他的神羊！"

逢蒙一听说"神羊"，略露吃惊的神色，便赶快起身，一面擦眼泪，一面将身子朝人堆里慢慢隐遁去。

乘了车马来的尧皇帝和皋陶大法官下车下马走进人群中。他们俯身看了看尸体，便一直走到近旁的石桥上去。

尧皇帝气愤愤地拿拐杖敲着地面："是谁谋杀了我们的英雄？是谁？是谁？——下流坯，出来承认你的罪恶呀！"

人群，沉默无言，愤怒和悲伤笼罩着周围。

站在桥头的独角神羊，目光灼灼。

马脸大法官皋陶弯下腰，在神羊耳畔低低说了几句话，解下它脖子上的金环。

人群中有谁的声音："别挤呀！"

神羊低着头冲进人群。

慌张的逢蒙推开众人，拔腿逃跑。

逢蒙穿过树林，神羊穿过树林。乱纷纷的人群穿过树林……群众中发出杂乱的喊声：

"抓住他！""抓住他！""抓住他！"……

苏醒转来的嫦娥也同声呐喊："抓住他！抓住他！抓住他！……"

四三

人们抬着羿的尸体,沿着河堤走去。

农夫和农妇们,市民们,流浪的歌人们……长长的送葬的行列。火把、灯笼、锄头、铲子……在他们手里拿着,肩头上扛着……

悲哀而沉痛的合唱歌声——

(男众)身既死兮——身既死兮神以灵,

魂魄毅兮——魂魄毅兮为鬼雄!

(女众)嫦娥应悔——嫦娥应悔偷灵药,

碧海青天——碧海青天夜夜心！

凭栏俯瞰的嫦娥，在月宫中悲痛地掉泪……

送葬的行列，愈走愈远。
狂风骤起，林木飘摇。
天空，阵阵乌云，遮没了月亮。

一九五七·五·二二

袁珂手稿摘选

后羿停住了足步,回头过来。嫦娥追了上去。后羿深情地看着嫦娥,赞许地微笑了笑。嫦娥也微笑了笑。夫妻俩携着手,欢欣地驾着云头,一同向凡间奔去。

五

王城的广场上。

人群围着一个年轻的射手——逢蒙,在那里听他吹嘘他射箭的本领。

逢蒙,左手拿着一张弓,右手拿着一支箭,站在土坛上面,脸上摆出一付英雄的气概,大言不惭地说:

"……不是我逢蒙夸口,我的箭能射中正在飞的麻雀,我要射它的脑袋,就得射中它的脑袋,我要射它的翅膀,就得射中它的翅膀——你们想,太阳比麻雀大得多,再厉害也不会飞,我还能射他不中吗?"

人群中一个叫做孟康的老头子,喜笑颜开地竖起一个大拇指称赞地说:

"对呀,谁不知道咱们逢蒙是国里第一等射手,如今这般射箭的年轻小伙子谁还提得上您啊!"

逢蒙左顾右盼,得意洋洋地笑了。

"您既然有这么大的本领能射中太阳,"人群中一个中年汉子说:"那您就把这些可恶的太阳替我们射下来吧！」

大家一听这提议，都拍手齐声附和：「对呀，对呀，就请您把这些太阳替我们射下来吧。」

逢蒙脸上署有难色。经过短时间的犹豫之后，还是硬着头皮充英雄，希望侥幸得逞地慷慨地说：

「好吧，射就射。太阳是天上的神，先前我本来怕得罪他，现在他既然给我们闯下这场大乱子，那我也试顾不得许多了。你们就瞧着吧。」

「好呀！好呀！」人们欢喜地雀跃了。

广场远处的人群听见欢呼声，都蜂拥地聚集拢来。

逢蒙在土坛上选好了一个合适的方位，站稳了身子，弯弓搭箭，向着天空中的太阳瞄准着。

人们都注看着他的箭头，眼睛里闪着希望的光。

空气是静止的，人们屏住了呼吸等待着。

逢蒙的眉头紧锁，脸上的肌肉紧张地抽动着。

人们焦急地等待着即将发生的奇迹，彼此交换着疑虑的眼光。

忽然，「嗖」的一声，一支箭像疾鸟般地从弓弦上发出，直冲上天了。人们的目光也随着这箭飞上天去。

箭到了半空中，御无力地打了一个倒栽葱，坠落下来了。

随着箭的坠落，人民失望地吁了一口气。

天空中仍旧是十个精光灿烂的逞威的太阳。

逢蒙红眼着瞳子，又是一箭射出去。

一箭，两箭，三箭……全都不到半空就坠落下来了。

人们黑着脸，翻动着白眼珠哗哗哗地一阵笑。

「走啊走啊，别瞧他扯靶子嘛！」

在渐渐走散的人群的嗤笑声中，逢蒙只好怪不得劲地、无精打彩地停止了他的「英雄」行为。

　　　　六

「乡亲们，大家快来呀，天上有一位神仙下凡来打救我们来了，这一下可好了！……」

一个瘦小的汉子，气急败坏地从远处跑向广场来，一边跑一边喊叫，人们立刻把这小个儿包围起来，惊喜地，向他问长问短——

「他是什么神？叫什么名字？」

「说，说，他是什么样子？」

「他有多大的本领？能斗得过太阳吗？」

被围者揭下头上的帽子揩拭着脸上的汗水，慌乱而又兴奋地回答：

「天神，他就是射神后羿呀！啊咦，身材可魁梧哩：高高长长的个儿，黑黑的眉毛和眼睛，鼻梁骨是棱棱的，短短的黑胡子，瞧上去可真英雄气概哩！还有一个女神和他在一道，光景就是他的妻子嫦娥，那模样儿长得来呀，喝，可真美哩！我看你们这些娘儿们呀……嘻嘻嘻……就没有一个……」

一个中年妇女严肃地打断他的话说：

「别说这些废话了吧，我只问你：可真是射神后羿下来了吗？」

「谁还骗你不成？刚才我亲眼看见他和尧皇帝打从宫里出来，边说边走，向着咱们这边走过来了。」

小个子说着，用手一指——

「你们瞧！」

远处，一群人正说着话，向这边走了过来。

「走在前面的不就是皋陶大法官，拿着他那支能够分清楚谁是好人，谁是坏蛋的神羊吗？走在后面的不就是尧皇帝和射神后羿吗？」

「喝，真的！真的！」好些声音，不约而同的嚷了起来。人群像潮水，随声蜂拥过去。

廣場裏只剩下剛从土壇上促下來的無精打彩的逢蒙，
跨拎，也龟強跟着衆人走了过去。

七

堯皇帝率領着羣臣，陪着后羿和嫦娥走向廣場來。
人羣，臉上露出微容，簇擁着他們，爭着要看一看兩
位大神的丰采。

逢蒙也擠在人羣中，目不轉睛地看着后羿身上掛的那
張紅色的弓和那一口袋白色的箭。

他几次想凑近身去把这神弓神箭看个清楚，可是，臯
陶身边的那支独角神羊卻目光灼灼，作势要触他的样子。

「别，别！」馬脸的皋陶大法官把神羊牽开了。

逢蒙恶意地看了神羊一眼，哼了一口，退到人羣後面
去了。

土壇上，手拿王杖的白鬍鬚的堯皇帝高声向大家說：
「……鄉親們，父老兄弟們，現在大家得救了，感謝
大神后羿和嫦娥降臨凡間，替我們除害。这天上，有十个
光惡的太陽，遠方，又还有给太陽逼出來的許多怪禽猛獸
，如今大神后羿旣答應替我們除去，讓我們來對謝他們！

你都在危害我们。

出版后记

嫦娥奔月是一个耳熟能详的民间故事，版本甚多，是文学、影视、动画等多个领域热衷改编的题材。此次选择出版袁珂先生的《嫦娥奔月》剧本有着不同寻常的意义。袁珂先生既非编剧，又非小说家，而是中国古代神话学专家。近年来，后浪曾陆续出版了他的《中国神话传说》《中国神话传说词典》《山海经校注》《中国民间传说》等著作。在整理袁珂先生手稿的机缘巧合中，我们发现了他改编羿射九日、嫦娥奔月等古代神话传说的电影文学剧本手稿。因此，《嫦娥奔月》剧本的出版不仅是对袁珂先生神话学领域学术专著的补充，也是对当今文学作品与神话传说改编电影剧本的一种启示。

编辑过程中，我们力图保留袁珂先生的表述习惯与表达方式；特别增加了来自《山海经校注》的一些人物形象图，以及古代文学著作如《山海经》《淮南子》

等对人物形象的描述，使阅读更有趣味和画面感；还摘选了部分袁珂先生亲笔手稿扫描图附在书后。希望读者在阅读一部电影剧本的同时，也能感受到作品的文学性与神话传说的魅力。

服务热线：133-6631-2326　188-1142-1266

服务信箱：reader@hinabook.com

"电影学院"编辑部
拍电影网（www.pmovie.com）
后浪出版公司
2015年9月

图书在版编目（CIP）数据

嫦娥奔月：袁珂电影文学剧本 / 袁珂著 . ——北京：北京联合出版公司，2015.11
ISBN 978-7-5502-6158-7

Ⅰ.①嫦… Ⅱ.①袁… Ⅲ.①电影文学剧本—中国—当代 Ⅳ.① I235.1

中国版本图书馆 CIP 数据核字（2015）第 221771 号

Copyright © 2015 Ginkgo（Beijing）Book Co., Ltd.
All rights reserved.
本书版权归属于银杏树下（北京）图书有限责任公司

嫦娥奔月：袁珂电影文学剧本

著　　者：袁　珂
选题策划：后浪出版公司
出版统筹：吴兴元
编辑统筹：陈草心
特约编辑：徐小棠
责任编辑：李艳芬　王巍
封面设计：周伟伟
营销推广：ONEBOOK
装帧制造：墨白空间

北京联合出版公司出版
（北京市西城区德外大街 83 号楼 9 层　100088）
北京嘉实印刷有限公司印刷　新华书店经销
字数 27 千字　889×1194 毫米　1/32　4.5 印张　插页 4
2015 年 11 月第 1 版　2015 年 11 月第 1 次印刷
ISBN 978-7-5502-6158-7
定价：28.00 元

后浪出版咨询(北京)有限责任公司 常年法律顾问：北京大成律师事务所　周天晖 copyright@hinabook.com
未经许可，不得以任何方式复制或抄袭本书部分或全部内容
版权所有，侵权必究
本书若有质量问题，请与本公司图书销售中心联系调换。电话：010-64010019